내 이야기 노트 | 진로 스토리텔링

세상에
하나뿐인
나의 이야기

글 와이스토리 편집부

KB134138

와이스토리

<일러두기>
원하는 스티커가 없을 때는 그림을 직접 그리거나 사진을 붙여서 책을 완성합니다.

내 이야기 노트 | 진로 스토리텔링

세상에 하나뿐인 나의 이야기

초판 발행 2017년 11월 30일
2쇄 발행 2020년 7월 20일
글 와이스토리 편집부
발행인 윤성혜
기획 및 편집 김유진
이야기록 카느 빌디스트 고지니
발행처 와이스토리
출판등록 제333-2014-14호
주소 부산시 해운대구 수영강변대로 140 5층(부산콘텐츠코리아랩)
전화 070-7437-4270
홈페이지 http://y-story.co.kr

ⓒ 와이스토리
ISBN 979-11-88068-08-1(43800)

이 도서의 국립중앙도서관 출판예정도서목록(CIP)은
서지정보유통지원시스템 홈페이지(http://seoji.nl.go.kr)와
국가자료공동목록시스템(http://www.nl.go.kr/kolisnet)에서
이용하실 수 있습니다. (CIP제어번호 : CIP2017030039)

세상에 하나뿐인 나의 이야기

글 와이스토리 편집부

와이스토리

차 례

1장 세상에 하나뿐인 '나'를 찾아라!

2장 내 이야기를 어떻게 만들까?

3장 직업이 뭘까?

4장 나의 미래는 어떤 색깔일까?

5장 한 컷으로 쓰는 자기소개서

6장 꿈큐브 만들기

1장
세상에 하나뿐인 '나'를 찾아라!

자기 이야기를 잘 만드는 3가지 방법

우리는 매순간 '자신의 이야기를 해야 하는 순간'과 만나게 됩니다. 다른 사람들 앞에서 자신을 소개할 때, 친구를 사귈 때, 부모님과 선생님에게 생각을 말하거나, 진로를 결정할 때, 자신의 이야기를 해야 합니다. 대학에 들어갈 때도 자기소개서를 써야 하고 자신에 대한 질문에 답할 수 있어야 하지요.

회사에 들어갈 때는 어떨까요? 자신이 무엇을 잘하는지, 성격은 어떤지, 어떤 일을 할 수 있는지 조리 있게 표현해야 합니다. 새로운 사람을 만날 때도 마찬가지예요. 좋은 사람을 사귀고 싶다면 자신을 솔직하게 표현하는 일에 능숙해져야 합니다.

하지만 자기 이야기는 꼭 남들 앞에서 하기 위한 것이 아닙니다. 스스로를 가치 있는 사람으로 여기고 지금보다 더 멋있는 사람으로 성장하기 위해서는, 적어도 자신의 이야기를 정확히 알고 있어야 합니다.

이야기는 어느 날 갑자기 잘할 수 없습니다. 이야기를 잘하기 위해서는 자신의 경험과 배운 지식이 필요하며, 이를 통해 자신을 정리하고 표현할 줄 알아야 합니다. 연습이 필요합니다!

경험이나 배운 지식이 많고 공부를 잘한다고 해도, 자기 이야기를 할 줄 모르면 다른 사람들과 살아가는 데 어려움을 겪게 되지요. 자신의 이야기는 한번에 만들 수 없습니다. 평생 만들고 평생 고쳐야 합니다. 만들고 고치고, 다시 만들고 고치는 과정을 통해 보다 나은 사람으로 발전할 수 있습니다. 자, 그럼 지금부터 자기 이야기를 잘하는 방법에 대해 알아볼까요?

· 핵심욕망 찾기

인생(진로)에서 핵심욕망을 찾는다는 것은 "나는 누구일까?"라는 물음에 대한 답을 찾아가는 과정입니다. 여러분은 이미 "나는 누구일까?"라는 질문을 스스로에게 던지고 있는지도 모릅니다. 특히 선택의 기로에 서 있을 때나 문제가 생겼을 때 우선순위가 무엇인지 고민하게 됩니다. 그때 우리는 자신의 우선순위에 따라 움직입니다. 핵심 욕망은 그 우선순위 중에서 가장 첫 번째에 해당됩니다.

핵심욕망은 단순히 '성격이 OO이다.' '나는 OO을 잘한다.'처럼 일반적인 흥미, 적성, 유형을 말하는 것이 아닙니다, 보다 깊이 있는 무엇입니다. 핵심욕망은 '세상을 구하겠다.'거나 '지구상에 불평등을 없애겠다.'와 같이 크고 원대한 이상일 수도 있지만, '아버지를 향한 그릇된 반항심'처럼 매우 개인적인 것일 때도 있습니다.

영화를 보거나 재밌는 이야기를 들으면 주인공의 핵심욕망을 쉽게 찾을 수 있습니다. 자신의 핵심욕망을 찾기 어렵다면 자신이

했던 행동을 한 편의 이야기라고 생각해 보세요. 그러면 핵심 욕망을 더 쉽게 찾을 수 있습니다.

여러분은 삶에서 무엇이 가장 중요합니까? 또 나를 이끌어가는 주된 힘은 무엇이인가요? 이것이 바로 핵심욕망이며, 여러분을 정의해 주는 중요한 요소입니다.

· 관찰자의 눈으로 '나' 바라보기

이야기에는 갈등이 있고, 그 갈등의 골이 깊을수록 이야기가 재미있습니다. 인생은 어떠한가요? 티끌 같은 어려움이 있어도 세상이 무너질 것 같지요. 본래 인간은 상대방의 비극보다 자기 신발 속에 있는 가시가 더 불편하고 힘들게 느껴져요. 이야기 한 편을 들어볼까요?

A씨는 사업에 성공하여 부유한 가정을 이루고 있었어요. 그런데 어느 순간 업계 상황이 악화되면서 모든 재산을 순식간에 잃게 되었습니다. 그런데 A씨의 아내는 그 순간 오히려 너무 기뻤습니다.

평소 책을 많이 읽었는데 책 속의 주인공들은 모두 한 번쯤은 재산을 다 잃는 등 시련이 있었기 때문이죠. 그래서 매우 힘들고 열악한 가운데에서도 그 상황이 책 속의 주인공이 된 상황인 것 같아 신이 났습니다.

물론 경제적으로 많이 힘들었죠. 버스비도 없어서 넉살 좋은 사람인 척 다른 사람의 차를 얻어 타곤 했을 정도였으니까요. 그렇게 차를 타고 이동하면서 남편의 거래처 사장님들을 만나고 다녔습니다. 아내는 남들 앞에서는 털어놓지 못하는 사장님들의 고민들을 들어주기 시작했습니다. 그러면서 그 동안 읽은 책 중에 각 상황에 딱 어울리는 책을 추천해 주었지요. 거래처 사장님은 다른 사장님들을 소개해 주기 시작했고, 직원들의 책읽기 교육을 진행해 달라고 부탁했습니다. 이렇게 하여 A씨 아내는 지금 아주 잘 나가는 '북소믈리에'가 되었습니다.

A씨의 아내는 자신의 인생을 마치 다른 사람의 이야기가 담긴 영화나 소설처럼 바라보았습니다. 그랬기 때문에 힘든 문제 상황에서도 문제에만 빠지지 않고 그것을 해결해 나갈 방법을 찾을 수 있었던 것이지요. 북소믈리에라는 새로운 인생이 열린 것도 그런 태도에서 비롯된 것입니다.

자신의 문제를 한 걸음 물러나서 바라보면, 문제를 해결하는 방법을 얻을 수 있습니다. 해결 방법을 찾는 것에서 그치지 않고, 자신의 모습을 다양한 시각으로 보게 되고, 객관적으로 판단할 수 있게 됩니다. 진짜 자신과 이를 바라보는 또 다른 자신과의 관계를 다시 만들어 보는 것입니다.

· 모든 경험을 연결하라

여러분은 지금 이 순간에도 '경험'을 하고 있습니다. 책에 나오는 위인이나 텔레비전, 유튜브에 나오는 인기스타의 경험만 위대할까요? 그렇지 않습니다. 경험의 무게를 저울질하거나 평가할 수 있는 사람은 세상에 없습니다. 개개인의 경험이 모두 소중 합니다. 하지만 제아무리 위대한 경험을 했더라도 자기 만의 의미를 찾지 못하면 아무것도 아닌 것이 됩니다. 잠시 어떤 사람의 경험을 들어볼까요?

저는 양식학과를 선택해 대학에 들어갔습니다. 요리하는 양식학과가 아니라, 물고기를 키우는 양식학과입니다. 그런데 적성에 맞지 않았어요.

그걸 붙들고 2년을 버티다가 국어국문학과를 복수 전공했습니다. 어른이 된 저는 현재 국어국문학과에서 배운 것 중 '스토리텔링'과 관계된 일을 하고 있습니다.

양식학과를 다닌 2년은 의미 없는 경험일까요? 그렇지 않습니다. 본인의 선택과 생각에 따라 그 의미가 결정됩니다. 이 사람은 대학 시절 이야기 만드는 것을 좋아해서 만화를 그리게 되었는데, 그 만화의 주인공은 다름 아닌 '넙치'였습니다. 양식학과를 전공한 덕분에 '넙치'의 일생에 대해서는 누구보다 잘 알았거든요.

이후에도 이야기를 좋아해서 계속 '이야기'로 돈을 벌 수 있는 방법을 찾았고, 현재는 '스토리텔링'을 주제로 강의를 하고 있습니다. 강의 중에 사람들에게 양식학과를 나왔다고 하면 사람들이 그를 더 잘 기억하고 웃어 주기도 합니다. 또 스토리텔링에서 '관련 없는 것 연결하기'라는 중요한 방법을 본인의 사례로 잘 설명하게 되었습니다.

여러분은 남들과 똑같이 '고등학교 졸업=〉대학 입학=〉취직=〉

결혼'이라는 직선 구조로 인생을 살고 싶은가요? 물론 그러한 삶이 잘못되었다는 뜻은 아닙니다. 문제는 인생이 늘 직선처럼 똑바로 가지 않는다는 점입니다. 때론 실패하지만 그런 실패의 경험들이 언젠가는 연결되기도 합니다.

진로는 수많은 점들의 조합입니다. 지금 그 점이 무슨 점인지 잘 모르겠더라도 나중에 모두 선으로 연결이 될 것을 믿고, 자신의 점(경험)들을 열심히 연결해 봅시다.

진로를 이야기로 만들면 좋은 3가지

 자신의 인생을 '이야기'로 만들어 보는 연습을 해 봅시다. 자신의 진로를 구체적으로 생각할 수 있는 유일한 방법은 자신이 이야기를 만드는 연습을 해 보는 것입니다. 그러면 자신의 문제를 한 걸음 물러나서 바라볼 수 있고 문제를 해결하는 방법을 배울 수 있습니다.

 스스로 문제를 해결하다 보면, 어떤 상황을 만나든 능동적으로 자신의 진로를 생각할 수 있습니다. 자신이 꿈꾸고 있는 직업인의 하루를 생각하며 그들의 일상을 구체적으로 들여다보는 연습도

필요합니다. 그러면 멀기만 했던 자신의 꿈과 직업이 내 눈앞에 가까이 다가오는 순간을 만끽할 수 있습니다. 자신의 진로를 이야기로 만드는 습관을 가지면 어떤 점이 좋을지 구체적으로 살펴봅시다.

· 어려움을 예상할 수 있다

 모든 재미있는 이야기에는 갈등이 있고, 그 갈등을 해결해 가는 과정이 있습니다. 〈백설 공주〉를 보면, 왕비가 백설 공주를 미워한 나머지 독사과를 먹이려고 시도하는 장면에서는 손에 땀을 쥐고, 그것을 도와주는 난쟁이나 왕자가 나타날 때 '이제 해결이 되려나 보다.' 하고 생각하게 되지요.

자신의 진로를 생각할 때에도 '무조건 잘될 것이다.' 또는 '간절히 원하면 이루어질 것이다.'라고 생각하는 것이 아니라, 이야기 속 갈등처럼 어려움을 예상하고, 예상한 어려움을 어떻게 극복해 나갈지 실질적인 해결 방법을 생각할 수 있어야 합니다.

다음 5가지 질문으로 자신의 이야기를 반복해서 만들어 보면, 미래에 닥칠 문제와 그 문제를 해결하는 연습을 해 볼 수 있습니다. 미리 시뮬레이션을 해 보는 효과를 얻을 수 있지요.

- **1단계 질문** : 현재 나의 모습은 어떤가요?
- **2단계 질문** : 미래 어떤 결말을 위해 현재 내가 하고 있는 일은 무엇인가요?
- **3단계 질문** : 내가 원하는 결말이 되어가는 과정에서 예상되는 갈등이나 문제는 무엇인가요?
- **4단계 질문** : 갈등을 해결하기 위해 나는 어떤 것을 할 수 있을까요?
- **5단계 질문** : 결말은 어떤 모습일까요?

위 다섯 가지 질문은 이 책에서 연습하게 될 〈다섯 조각 이야기〉입니다. 여러분에게 맞는 직업을 찾고, 그 직업을 위해 준비해야 할 것과 그 과정에서 만나게 될 위기, 그 위기를 어떻게 풀어나갈 것인지에 대해 미리 예상하고, 계획하고, 준비해 나갈 수 있습니다.

· 능동적 태도를 배운다

우리는 어떤 문제에 부딪쳤을 때 그 문제에 대한 정답이 한 가지만 있다고 생각합니다. 그 한 가지 정답을 향해 달려가고, 그 결과에 미치지 못하면 좌절하고 스스로를 실패의 감옥에 가둡니다.

어떤 학생의 꿈이 '선생님'이라고 해 봅시다. 대개 자신도 모르게 초중고 교실에서 학생들을 가르치는 이미지를 떠올리면서 열심히 공부하고 시험을 준비할 것입니다.

시험에 붙어서 원하는 대로 학교 교사가 되면 좋겠지만, 수많은 경쟁자들을 뚫고 시험에 합격하기란 하늘의 별 따기만큼 어렵습니다. 여러 가지 이유로 자신의 목표를 이루지 못했다면 대부분은 시험을 다시 보거나 다른 직업을 선택합니다. 물론 그것도 좋은 선택입니다만, 자신이 원하는 것이 무엇인가 다시 한 번 생각해 보는 것이 좋습니다.

"내가 '교사'라는 직업을 선택한 이유는 무엇인가?" "안정이

보장된 직업이기 때문인가? 내가 정말 가르치는 일을 좋아하
는가?" "가르치는 대상이 꼭 학생이어야 하는가, 학생이 아니 어도
되는가?" "가르치는 장소가 꼭 학교여야 하는가?"

위와 같이 여러 가지를 재점검해 볼 필요가 있습니다. 만약에 남을
가르치지는 일이 좋다면 꼭 학교 교사가 되기 위해 임용고시를 볼
필요가 없습니다. 남을 가르치는 일을 학교에서만 할 수 있는 것은
아니니까요. 또 반드시 학교 교과목을 가르쳐야만 하는 것도
아니지요. 자신이 잘하는 것을 다른 사람에게 가르칠 수 있는
기회는 얼마든지 많습니다.

우리는 자신의 진로를 스스로 생각하기도 전에, 누군가의 조언을
듣는 것에 익숙합니다. 그러면 빠르고 정확한 답을 찾을 수
있습니다. 사회적으로 인정받은 직업을 찾을 수도 있겠지요.
하지만 언제까지 그럴 수 있을까요? 자신에 대해 생각하고
결정하는 것은 어느 순간 갑자기 할 수 없어요. 어른이 되어서도
자신의 문제를 결정하지 못하고 계속 부모님이나 선생님에게
물어보고 의지한다고 생각해 보세요. 다른 사람의 조언을 잘 듣는

것도 중요하지만, 결국에는 자신의 길은 자신이 직접 선택하고 걸어야 합니다.

인생을 살아간다는 것은 한 편의 긴 이야기를 만들어 나가는 과정입니다. 특히 이야기를 만드는 것은 누가 대신해 줄 수 없습니다. 선택지가 주어지고 그 중에서 고르는 것이 아니라, 백지의 상태에서 자신의 경험과 배운 것을 토대로 스스로 삶의 형태를 만들어야 합니다. 자신의 진로는 다른 사람의 이야기가 아니라은, 바로 나의 이야기입니다.

· 구체적으로 생각할 수 있다

꿈이 가수인 사람은 가수의 어떤 면을 보고 가수가 되고 싶은 것일까요? 1,000명의 관중 앞에서 노래를 부르고 있는 모습? 팬들에게 선물을 받고 즐거워하는 모습? 그럴 때는 가수의 하루 일과를 써 보세요. 추상적이었던 꿈이 구체적인 진로로 변하게 되는 과정을 만날 수 있습니다.

'해안선'을 생각해 봅시다. 그 중 한 부분을 확대해 들여다보면, 매끄러운 선인 줄 알았던 부분이 구불구불한 모양이 되어 나타납니다. 그 안을 자세히 더 들여다보면, 다시 세밀하게 구불구불한 모양이 나타납니다. 해안선의 모양은 물론이고, 인간의 지문, 나뭇잎의 모양, 조개껍데기 무늬도 자세히 들여다보면 나름대로의 규칙성을 가지고 있죠.

우리 인생을 한 편의 이야기라고 하면, 그것을 이루는 작은 단위는 무엇일까요? 바로 하루, 즉 일상의 모습입니다. 작은 해안선이 모여 큰 해안선을 이루 듯이, 작은 일상이 모여 우리 삶을 만드는 것입니다. 쉽게 스쳐 지나가는 일상의 시간, 일상의 인과관계가 모여 우리만의 이야기를 만드는 것입니다.

"김연아 선수는 열심히 연습하여 국가대표 피겨 선수가 되었고 벤쿠버 올림픽에서 금메달을 받았다."라는 아주 큰 사건만 나열하면 금메달을 매우 쉽게 얻은 것처럼 보입니다. 하지만 돋보기를 들고 하루하루를 들여다보면 김연아 선수의 일상이 자세히 보입니다. 힘들고 어려웠던 김연아 선수의 일상이 그 속에

담겨 있지요.

여러분의 꿈은 무엇인가요? 무슨 일을 하는 사람이 되고 싶은가요? 자신이 원하는 직업인의 일상을 생각해 보고, 그 일상 속으로 들어가 보는 일이야말로 여러분의 꿈에 가장 가까이 가보는 길이에요.

*

자신의 이야기를 생각하고 만들어 표현해 보고, 그것을 남들 앞에서 표현해 보는 연습은 여러분이 어떤 직업을 꿈꾸고 있든지 꼭 필요한 훈련이에요. 하지만 그 훈련은 고되거나 힘들지 않아요. 오히려 재미있고 흥미진진하지요. 그것은 바로 나 자신의 이야기, 세상 어느 누구도 대신해 줄 수 없는 나만의 특별한 무엇이니까요. 〈세상에 하나뿐인 나의 이야기〉를 만들며 자신의 꿈을 향한 첫 걸음을 시작해 봅시다.

2장
내 이야기를
어떻게 만들까?

나를 소개해 볼까?

3~7가지 단어 또는 그림으로 자신을 표현하거나 소개해 보세요.
스티커를 붙여도 좋아요.

나는 무엇을 좋아할까?

내가 잘하는 것이나 좋아하는 것을 과거, 현재, 미래로 나누어
말해 보세요. 스티커를 붙이거나 그림을 그려요.

과거

현재

미래

가족이나 다른 사람 중 나에게 영향을 많이 준 사람은 누구인가요?
그 사람을 생각하면 어떤 점이 떠오르는지 스티커를 붙이고
떠오르는 장면이나 에피소드를 써보세요.

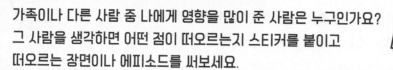

28쪽에 쓴 내용중에서 그 사람과 나의 비슷한 점을 발견했나요? 좋아하는 것, 잘하는 것, 성격, 가치관 등 그 사람과 나의 공통적 특성을 찾아서 써봅시다.

내가 보는 나의 강점

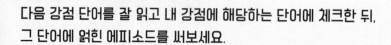

다음 강점 단어를 잘 읽고 내 강점에 해당하는 단어에 체크한 뒤,
그 단어에 얽힌 에피소드를 써보세요.

친절 / 봉사 / 용기 / 어학능력 / 손재주 / 미적감각 / 인내 / 정직 / 공감능력 / 공정성 / 관찰력 / 논리력 /
판단력 / 집중 / 책임감 / 지혜 / 개방성 / 학구열 / 유머감각 / 호기심 / 겸손 / 성실 / 시간 / 관념 /
약속 잘 지킴 / 후각기능 / 자기관리능력 / 배려 / 지혜 / 진실 / 활력 / 신중 / 관대 / 자기조절 / 주체성 /
설득력 / 실행력 / 계획력 / 의사표현능력 / 경청 / 유연성 / 규칙성 / 감정조절

내가 보는
내 강점

강점 단어 :

내가 보는
내 강점

강점 단어 :

남이 보는 나의 강점

가족이나 친구에게 30쪽에 있는 강점 단어를 보여주고
나의 강점에 해당되는 단어에 체크해 달라고 말해요.
그런 뒤 그 단어에 얽힌 에피소드를 이야기해 달라고 부탁해 보세요.

남이 보는 내 강점

강점 단어 :

남이 보는 내 강점

강점 단어 :

3장

직업이 뭘까?

'일'에 대한 나의 생각

사람은 왜 일을 할까요? 직업은 사람에게 어떤 의미일까요?
뒤집어 있는 카드를 세장씩 뽑아 "내가 생각하는 직업(일)"이란
무엇인지 정의를 내려 보세요.

특정 직업을 가진 사람 중에 좋아하거나 존경하는 사람이 있으면 소개해 보세요.
스티커를 붙이고 그의 장점이나 그가 하는 일을 소개해요.

직업명 :

관심있는 직업을 한 가지 정해 봅시다. 그리고 그 사람이 아침에 일어나서 밤에 잠들기까지 하루 일과를 생각해 스티커를 붙이고 글로 써보세요.

직업명 :

직업명 :

직업명 :

직업명 :

직업명 :

미래 순간 인터뷰

38~39쪽에서 생각했던 직업인을 실제로 찾아가서 하루 일과를 물어봅시다. 실제로 만날 수 없다면 신문기사, 인터넷, 책을 이용해도 좋아요.

(   )의 실제 하루 일과를 물어보아요.

Q1 내가 생각했던 것과 공통점은 무엇인가요?

Q2 내가 생각한 것과 차이점은 무엇인가요?

Q3 새롭게 알게 된 점이나 느낀 점은 무엇인가요?

뒤집어 있는 카드를 한 장 뽑아 그림을 보며 생각나는 직업을
써 보세요. 생각나는 대로 모두 떠올려 보세요.

- _____   - _____

- _____   - _____

- _____   - _____

- _____   - _____

- _____   - _____

- _____   - _____

- _____
- _____
- _____
- _____
- _____
- _____
- _____
- _____

- _____
- _____
- _____
- _____
- _____
- _____
- _____
- _____

40~41쪽에서 떠올린 직업들을 중심으로 두 직업을 융합하여
새로운 직업을 만들어 보세요.

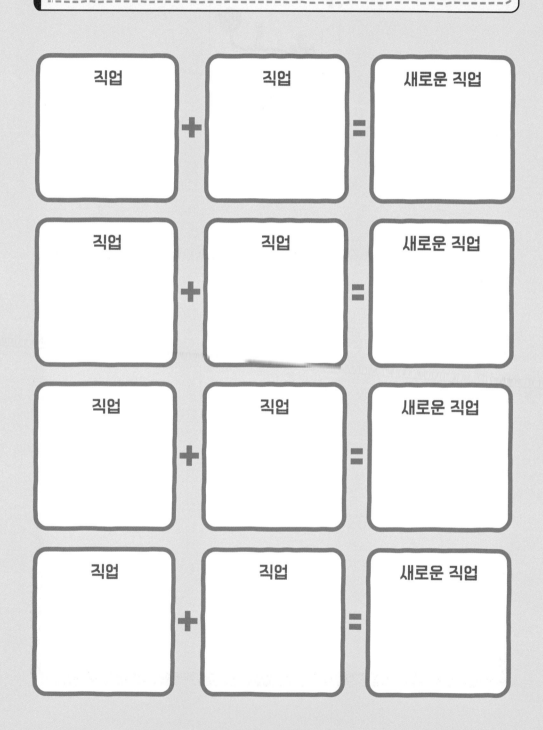

직업	+	직업	=	새로운 직업
직업	+	직업	=	새로운 직업
직업	+	직업	=	새로운 직업
직업	+	직업	=	새로운 직업

직업		직업		새로운 직업
	+		=	

직업		직업		새로운 직업
	+		=	

직업		직업		새로운 직업
	+		=	

직업		직업		새로운 직업
	+		=	

두장의 그림 카드를 뽑은 뒤, 각 카드에서 떠올린 직업을 합하여
새로운 직업을 만들어 보세요. 스티커를 붙이거나 그림을 그려 보아요.

소화기제작사 / 가스검침원 /
냄비회사사장 / 냄비디자이너 /
가스렌지제작사 / AS기사 / 쇼호스트
/ 요리사 / 요리연구가

+

사진작가 / 재활용수거업자 /
거리연주가 / 가사도우미 /
책가방디자이너 / 아동복지사 /
보험설계사 / 조경업자 / 캠핑장관리인

오토캠핑 플래너 = 캠핑장관리인 + 보험설계사
캠핑출장 요리전문가 = 캠핑장관리인 + 요리연구가
아동요리 전문가 = 아동복지사 + 요리사
재활용품 거리연주가 = 재활용수거업자 + 거리연주가

+

=

새로운 직업

+ = **새로운 직업**

+ = **새로운 직업**

+ = **새로운 직업**

직업 구인 광고 만들기

창직한 직업 중에서 한 가지로 직업 구인 광고를 만들어 보세요.
여러분이 사장이 되어 직원을 구하는 것이니,
홍보를 잘 해야 겠지요?

4장

나의 미래는
어떤 색깔일까?

나의 꿈이 이루어진 순간

꿈이 이루어진 미래의 한 순간을 스티커나 그림으로 표현한 뒤
글로 써보세요.

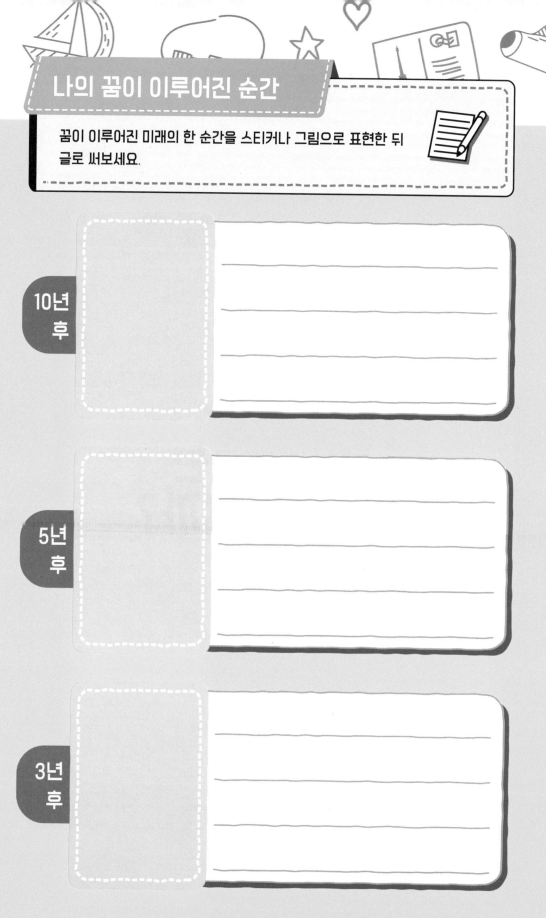

**10년
후**

**5년
후**

**3년
후**

**6개월
후**

**1개월
후**

오늘

부모님이나 친구 등 다른 사람에게 48~49쪽을 보여주세요.
그들을 나의 미래의 한 순간으로 데리고 가서 인터뷰를 부탁해요.

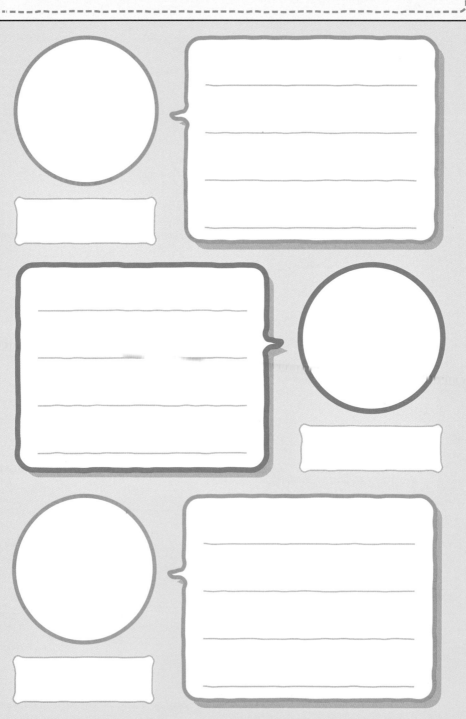

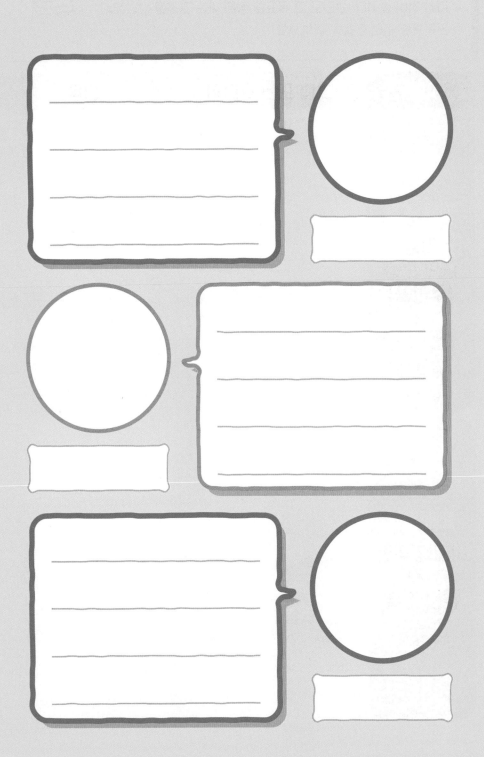

51

미래 다섯 조각 이야기

48~49쪽에서 한 가지를 골라 '다섯 번째 조각'에
다시 적어 봅시다. 그리고 그 목표를 향해 가는 과정을 상상해서
스티커를 붙이고 글을 써보세요.

구분	그림 또는 스티커	내용
첫째 조각 지금 나의 모습 (주인공)		
둘째 조각 미래를 위한 노력, 준비 활동		

구분	그림 또는 스티커	내용
셋째 조각 예상할 수 있는 문제 상황		_____ _____ _____ _____ _____
넷째 조각 문제를 해결해 가는 과정		_____ _____ _____ _____ _____
다섯째 조각 나의 꿈이 이루어진 순간		_____ _____ _____ _____ _____

그럼에도 불구하고 (IF 진로 장벽)

이야기가 재미있는 이유는 갈등이 있기 때문이죠.
내 꿈을 이루기 위해 갈등을 해결할 수 있는 방법을 생각해 봅시다.
7쪽의 IF 장벽 큐브를 굴리면서 내용을 채울 수 있습니다.

l 나의 꿈이 이루어진 순간 *48~49쪽에 적은 것 중 하나를 다시 써 보세요.

2 장벽 큐브 굴리기 *큐브를 굴려서 나온 스티커를 묘사해서 써 보세요.

3 진로 장벽의 의미 *진로 장벽이 어떤 의미인지 써 보세요.

4 나의 행동 *장벽이 나타나면 어떻게 행동할지 써 보세요.

① 나의 꿈이 이루어진 순간 *48~49쪽에 적은 것 중 하나를 다시 써 보세요.

② 장벽 큐브 굴리기 *큐브를 굴려서 나온 스티커를 묘사해서 써 보세요.

③ 진로 장벽의 의미 *진로 장벽이 어떤 의미인지 써 보세요.

④ 나의 행동 *장벽이 나타나면 어떻게 행동할지 써 보세요.

한 컷으로 쓰는
자기소개서

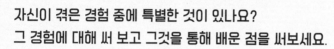 내가 했던 특별한 경험

자신이 겪은 경험 중에 특별한 것이 있나요?
그 경험에 대해 써 보고 그것을 통해 배운 점을 써보세요.

경험 ①

내용

배운점

경험 ②

내용

배운점

경험 ③

내용

배운점

경험 ④ _____

내용

배운점

경험 ⑤ _____

내용

배운점

경험 ⑥ _____

내용

배운점

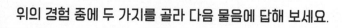

내 경험 자세히 쓰기

위의 경험 중에 두 가지를 골라 다음 물음에 답해 보세요.

경험 1

- 그 일이 일어나게 된 상황(배경)을 자세히 묘사해 보세요.

- 그 일에서 나에게 닥친 위기 또는 어려움이 무엇이었는지 써 보세요.

- 나는 그 위기를 어떻게 해결했나요?

- 결과는 어떻게 되었나요? 이 일을 통해 배운 점은 무엇인가요?

· 그 일이 일어나게 된 상황(배경)을 자세히 묘사해 보세요.

· 그 일에서 나에게 닥친 위기 또는 어려움이 무엇이었는지 써 보세요.

· 나는 그 위기를 어떻게 해결했나요?

· 결과는 어떻게 되었나요? 이 일을 통해 배운 점은 무엇인가요?

나에게 영감을 준 것

나에게 영감을 준 사람, 사물, 사건이 있나요? 각각 스티커를 붙이거나 그림을 그리고 거기에 얽힌 이야기를 해 보세요.

사람

사물

사건

사람

_____

_____

_____

_____

사물

_____

_____

_____

_____

사건

_____

_____

_____

_____

내가 좋아하는 일

좋아하는 일이 있나요? 나는 그것을 위해 어떤 점을 노력하고 있나요?
내가 노력하고 있는 점을 떠올리며 스티커를 붙이고 글을 써 보세요.

내 인생의 책

내 인생에서 가장 감명 깊게 읽은 책을 소개해 주세요.
책을 떠올리며 스티커를 붙이고, 글을 써 보세요.

내 인생의 영화

내 인생에서 가장 감명 깊게 본 영화(드라마)를 소개해 주세요.
영화나 드라마를 떠올리며 스티커를 붙이고, 글을 써 보세요.

내 인생의 유튜브

내 인생에서 가장 감명 깊게 본 유튜브(짧은 동영상)을 소개해 주세요..
유튜브를 떠올리며 스티커를 붙이고, 글을 써 보세요.

다른 사람을 배려했거나 사람들과 협력했던 경험이 있나요?
그 경험을 떠올리며 스티커를 붙이고, 글을 써 보세요.

갈등에 맞서다

갈등을 해결하여 일을 성취했던 경험이 있나요?
그 경험을 떠올리며 스티커를 붙이고, 글을 써 보세요.

5장
꿈큐브 만들기

IF 진로 큐브 만들기

자, 지금부터 IF 진로 강점과 IF 진로 장벽 큐브를 만들 거에요.
나의 꿈을 도와주는 강점이나 방해하는 장벽을 생각해 보세요.

73쪽 IF진로 강점큐브 만들기

1. 선을 따라 정육면체를 오려요.

2. 나의 꿈이 이뤄지도록 도와주는 나만의 강점 5가지를 정육면체에 써요. 스티커를 이용해도 좋아요. 파란색으로 표시된 부분에는 이루고 싶은 꿈을 써요.

3. 풀을 이용해 정육면체를 완성하고, 책상에 올려놓아요. 친구들과 각자의 큐브를 굴리며 나의 강점에 대해 말해 보세요.

75쪽 IF진로 장벽큐브 만들기

1. 선을 따라 정육면체를 오려요.

2. 나의 꿈을 방해하는 요소나 나의 약점 5가지를 정육면체에 써요. 스티커를 이용해도 좋아요. 파란색으로 표시된 부분에는 이루고 싶은 꿈을 써요.

3. 풀을 이용해 정육면체를 완성하고, 책상에 올려놓아요. 친구들과 각자의 큐브를 굴리며 나의 약점에 대해 말해 보세요.

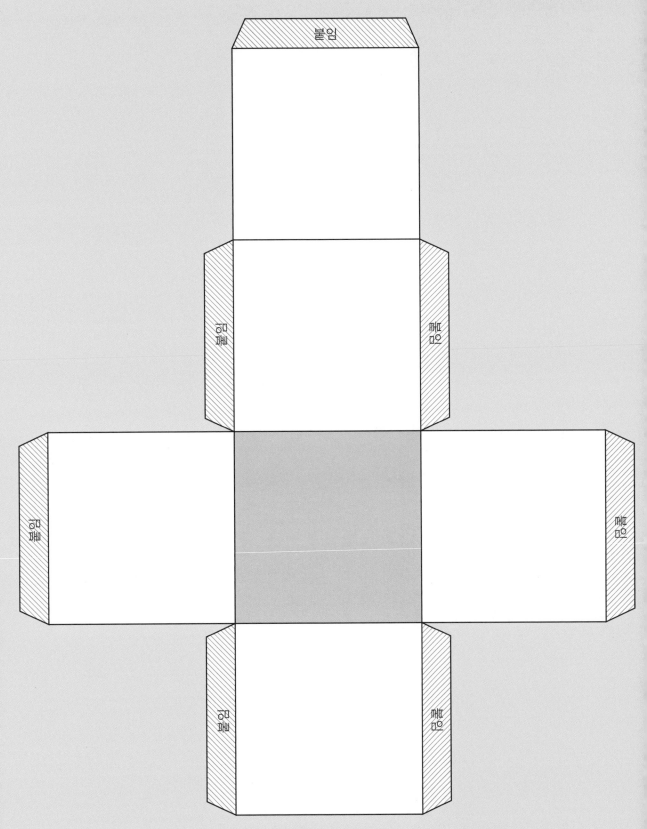

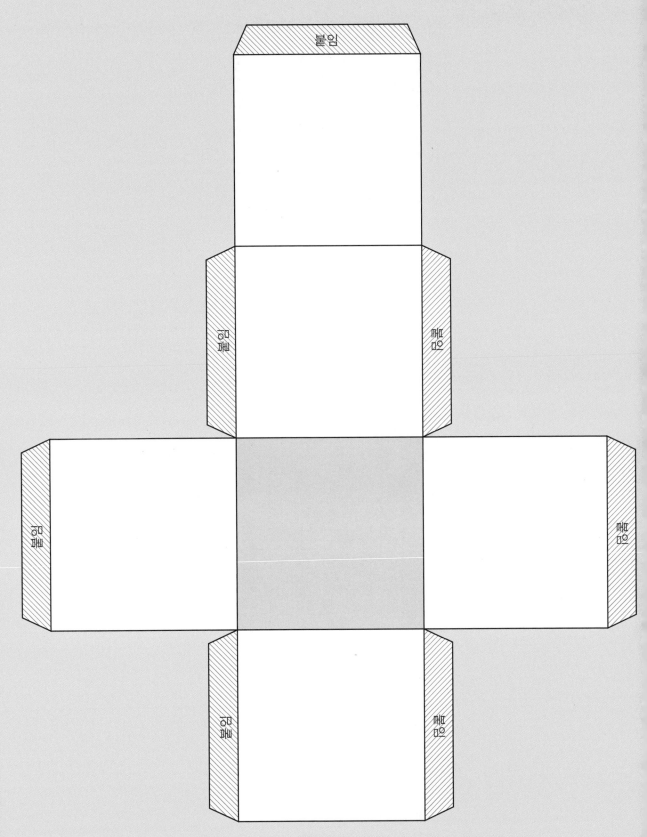

미래 명함 만들기

미래에 내가 쓸 명함을 만들어 보세요. 명함에 자기 이름,
직함, 회사 이름, 연락처, 이메일, 회사 슬로건 등 내용을 쓰고
직접 디자인해 주세요.

〈앞면〉

〈뒷면〉